CB066668

NOZ

Também guardamos pedras aqui

Luiza Romão

"(…) aí estava minha resolução, fundida, malhada, martelada e moldada como uma lança. Quero permanecer testemunha, mesmo que não haja ninguém que possa solicitar meu testemunho."
Cassandra, Christa Wolf

ifigênia

a literatura ocidental começou com uma guerra
não a neblina das grandes cidades
faz tanto tempo que talvez ouço quase
a literatura ocidental começou com um massacre
isso você respira como quem veleja
o livro permanece aberto vê
é minha vez de contar a história
esse pacto só sobraram pedras
e rios sob o asfalto esse nevoeiro
agora chamam de santuário
o sêmen sobre os lábios seco
antes da primeira letra
antes do primeiro grifo
alguém já implorava misericórdia
estou pronta a canção
também as crianças precisam dormir

agamemnon

te reconheço no coronel que ordena
    escavadeiras em território sagrado
netanyahu donald trump napoleão
sua saliva é a mesma dos banqueiros
desculpa alguma nem mesmo às crianças
    enfileiradas na terra batida
os recursos são finitos mas quem se importa
vencer a refrega uma vez por semana
nossa filha
sorte: há sempre uma igreja
para expiar os pecados
mesmo que milhares de mortos
mesmo que a fome
mesmo que
sorte: há sempre alguma que resiste
nossa força precária nossas velhas cantigas
você também está condenado

homero

os gregos foram capazes de

milhares de troianos

porém
no último canto de ilíada
aquiles devolve a príamo
o corpo de seu filho heitor

hoje nesse momento aqui
no sul do sul do mundo
ainda não se tem notícia
dos mais de duzentos desaparecidos
na ditadura militar

um corpo é um atestado de barbárie

até os gregos tinham piedade

diomedes

há diversas formas de matar um homem
quase todas ancestrais
te ensinaram macho que ri não entra nos céus
nada que te invada os buracos
nem mesmo a paixão
macho ranhento não governa impérios
ela estava em seu caminho ainda que deusa
desgraçada nos pés de um templo
era seu aliado bradando vingança
você goza enquanto enfia a lâmina
inventamos a pólvora mas não o desespero

polixena

faz mais de três milênios ontem
era areia e eles carregavam flechas
era música e eles beberam demais
era túmulo e desvario
ser isca e esconder a dor
conheço essa cicatriz
se houvesse provas diferença alguma
você fez o que pôde
nem esse quarto nem nossos primos
nem o oficial que escaneava digitais
a vergonha vem a galope
pelo menos ganhamos a guerra
mas nem isso

pátroclo

medo de atropelar e ser atropelada
o futuro anda tão mortífero sweet
um novo apocalipse se aproxima
vírus jazzes multidões nômades pelo continente
matar se assemelha a um girassol
te golpearam três vezes
também foi preciso despi-lo
deuses terríveis e uma facada nas costas
você perseguirá o algoz por séculos
nos sonhos nas filas de supermercado
nas ejaculações precoces
alguém pra te vingar pelo menos isso
hoje basta um comando
e se pode jantar em paz

eneias

ninguém sobrevive impune
eternamente covarde
eternamente sagaz
também meu pai ou seria meu avô
zarpou ao primeiro bombardeio
tenho medo de incêndios talvez por isso
confiro o gás três vezes antes de deitar
seus ombros suas coxas
essas palavras viris
já não sei como te chamar
um homem sem violência
nem de perto um touro
te apontaram o dedo você escapou
fizemos pior que eles

ilíone

era dos troianos a guerra
e isso é tão indiscutível
quanto a beleza dos teus olhos
era dos troianos a guerra
e isso é tão indiscutível
quanto a aspereza do obelisco
em pleno viaduto costa e silva
era dos troianos a guerra
mas os deuses eram gregos
e também o poeta
e alguns troianos

príamo

em português se diz destrua e não destroia
nem no verbo na aniquilação total
a cidade sobrevive
não conseguimos te proteger
testículos arremessados aos cães
um ancião conta drops no semáforo
sabíamos desde o começo
a) eles falam a mesma língua
b) definem o que é clássico
c) os píncaros são altos demais pra voz humana

antíloco

não leve em hipótese alguma nunca
quando for deixe pra trás
o nome de seus filhos
o enxoval em ponto-cruz
canetas hidrográficas faber castell
tudo o que pode ser criptografado
votos de ano novo gatas siamesas
sua tia detestava jane austen?
seu pai torcia pro river?
jogue fora inclusive os miúdos
seu ódio pelo espelho

ajax

I.
não venha não agora nem pense em dizer que se
arrepende ou tem medo de enlouquecer ▮
▮▮▮▮▮▮▮▮▮▮▮▮▮▮▮▮▮▮▮▮▮▮▮▮▮▮
▮▮▮▮▮▮▮▮▮▮▮▮▮ desgraçado sarajevo
canudos hds no fundo do oceano febre orfandade
infecção pede mais uma rodada já era a biblioteca
o aeroporto os cinemas conjuntos habitacionais
uma dose de suco limão só sua prole permanece
intacta ▮▮▮▮▮▮▮▮▮▮▮▮▮▮▮▮▮▮▮▮
▮▮▮▮▮▮▮▮▮▮▮ não era isso que
você veio fazer aqui seis pedras de gelo desbravar
a américa uma rota direta para o índico abre um
whisky aguenta seus fantasmas não era ▮▮▮▮
▮▮▮▮▮▮▮▮▮▮▮▮▮▮▮▮▮▮▮▮▮▮▮▮▮▮
▮▮▮▮▮▮▮▮▮▮▮▮▮▮▮▮▮▮▮▮▮▮▮▮▮▮
▮▮▮▮▮▮▮▮ a palavra divina a escrita sagrada
tecnologias um maço de hortelã pode colocar ▮
▮▮▮▮▮▮▮▮▮▮▮▮▮▮▮▮▮▮▮▮▮▮▮▮▮▮
▮▮▮▮▮▮▮▮▮▮▮▮▮▮▮▮▮▮▮▮▮▮▮▮▮▮
▮▮▮▮▮▮▮▮▮▮▮▮▮▮▮▮▮▮▮▮▮▮▮▮▮▮
▮▮▮▮▮▮▮▮▮ tudo na conta dele garçom
é dia de comemorar sua vitória

II.
a destruição é rápida mas o inferno contínuo

ulisses

nada como contar uma boa história
se apaixonar pela dor manter a camisa limpa
uma legião de fãs pra te honrar
olha ele o grandioso
olha ele as façanhas
quem mais calaria sirenes?
sem trapaça haveria vitória?
no jornal falam de acordos e estado de exceção
sua foto estampada junto a diplomatas ianques
sem o elmo de javali até parece digno
sem o ghostwriter até parece verdade

polifemo

ninguém te cegou não
não foi ulisses
aquela noite o policial não tinha identificação

protesilau e laodâmia

o herói que pisa em marte
                      sua estátua forjada em bronze

o herói que sobe à morte
                      incapazes ou viúvas

o herói que primeiro mata
                      alçar-se à pira funerária

o herói que por último
                      torcer pelo vento

briseida

primeiro esquecemos como se diz milharal
talvez porque nessa época eram irreconhecíveis
os grãos que chegavam em embalagens metálicas
depois esquecemos como se escreve legislatura

uma língua tomada de assalto
bênção de mãe unguento retina
perdemos as vogais depois os rios
por fim ninguém mais engravidou

hécuba

o primeiro estudava biologia
os gêmeos gostavam de rock
o nono não foi batizado
o mais alto era alérgico
o barbudo falava dormindo
os do meio jogavam hóquei
o caçula tinha dislexia
o décimo sexto gostava de rapazes
os de cabelo curto trabalhavam no centro
o oitavo calçava quarenta-e-três
os menores comiam escondido
o centésimo nasceu em outubro

sim senhor
eram todos meus filhos
agora sai da frente

heitor

você já suspeitava cariño eu também
errar o inimigo é tão fatal quanto acertá-lo
nunca tivemos chance
mesmo assim você me levava
ao cinema às quartas-feiras
o mar de cana invadindo o horizonte
diziam ser ficção
o futuro será transgênico risos

eu cresci entre homens
sei quando têm sede
quando fingem cumplicidade
quando desviam o assunto ansiando o poder
posso até superá-los em certas manhãs
mas você era mais parecido com um carneiro

deixa estar
vou recolher seus ossos
cruzar a fronteira
um muro do texas ao arizona
ninguém te lembrará como herói
e essa é a melhor parte

paris

não te avisaram i'm so sorry
ninguém lembrou de te contar
um homem que escolhe o amor
não pode ser redimido
que ele esfole com acetona
os dentes de sua irmã
que ele incendeie quarenta e três
araucárias em extinção
que ele pregue na sala de visitas
a carcaça do último búfalo d'água

tudo isso voilà
tudo isso é compreensível
mas um homem que escolhe o amor
isso é imperdoável

menelau

```
G                               Am
você me abandonou feito cachorro em dia de chuva
G
eu era o sol e você minha lua
Am
minha mão só encaixa na sua
G                               Am
diga se queres ser minha ou preferes ser viúva

G/B     C
não podes não me amar
G/B     C
não podes não me querer
Em      Am
eu prefiro até morrer
C       Am
a ver outro te beijar
C       Am
a ver outro te morder
G       Am
não vou suportar (2×)
```

helena

I.
se não ela
a) tubos de alumínios nos subúrbios de bagdá
b) danças satânicas
c) temperos picantes e magenta

II.
ainda suspeito a mulher mais bela do mundo
a mulher universal quem diria bela tão bela

nunca pisou em troia

III.
ah vá seja original
no mínimo isso
cadela é meio old school

IV.
ainda suspeito a mulher mais bela do mundo
a mulher universal quem diria bela tão bela

nunca pisou na terra

V.
por que eles attack é o que menos importa

aquiles

eu aceito ouié eu digo sim
mas antes
me mostre seu calcanhar

tétis

eles não são pais ainda que tenham filhos
pois amam ser filhos já diria o cantor
todo homem precisa de uma mãe
uma mãe que lhe acalente o choro e as birras
uma mãe que lhe corte as unhas e esquente a canja
uma mãe que lhe faça boquetes e vá ao altar
uma mãe que lhe dê filhos saudáveis bem-educados
seu nariz sua boca seu jeitinho de resmungar
filhos exímios e super parecidos com papai
mas nunca seus

sarpedon

como velar o rapaz sem sua roupa preferida
um caixão fechado quando muito
conheci lojas de departamento com seu nome
vendiam tornozeleiras elegantes
e arrotavam doações em dezembro
não houve espaço para a lápide
é melhor dar uma volta sugeriram
nem todos são filhos do rei
nem todos caem do céu

zeus

então isso de estupro
não é exclusividade dos homens

atenas

tinha que ser uma de nós a mais loba
tâmaras suculentas nos bolsos
e um capacete de fazer inveja
tinha que ser uma de nós a mais eficiente
blefes precisos nas rodadas de poker
tinha que ser uma de nós
necessariamente
então eles justificariam
também ela esteve presente
também ela assinou a jurisdição
também ela pediu reforços
e se regozijou
suas sentenças suas leis
satisfeita interrogação
você nos entregou a todas
e nem pediu recibo

nestor

CEDENTE ███████████████, casado, assessor contábil, RG nº ████████ e CPF █████████, casado sob-regime de Comunhão Universal de Bens com ████████████, brasileira, do lar RG nº ████████ e CPF █████████, ambos residentes e domiciliados ██, Cidade de ██████ e Estado de ███████████████, neste contrato identificados como **CEDENTES**.

CESSIONÁRIO ████████████████, ██ neste ato identificado como **CESSIONÁRIO**.

OBJETO: ████████████████████████
████████████████████████████████
████████████████████████████████
████████████████████████████████
████████████████████████████████
████████████████████████████████
████████████████████████████████
████████████████████████████████
████████████████████████████████
████████████████████████████████
████████████████████████████████
████████████████████████████████

Por este Contrato Particular de **TRANSFERÊNCIA DE POSSE E BENFEITORIAS**, têm, entre si, com a presença de testemunhas, como justo e contratado o que segue.

pentesileia

I.
deixar cair nos olhos a noite
a boca cheia de terra
miolos intestinos nas mãos
a porra molha seu cadáver
escreveram patriarcado nos tanques

II.
achávamos que eles tivessem limites

III.
hoje chamam de amazonas senhoras esbeltas
hoje chamam de amazonas patroas e esporas
mas sua garganta nos meus ouvidos despertos
que nos arranquem os membros
processo civilizatório número cinco
você nos inflou coragem
reluzente e perene
como o bronze que enfrenta déspotas
como a corça que recebe a tempestade
como meninas que inventam epopeias

cassandra

entenda sis anunciar a desgraça
não é o mesmo que remediá-la
primeiro você dirá está podre
depois com perícia
raspará da casca a polpa gosmenta
o chorume se espalha
há fungos pré-históricos
há fungos abençoados
está podre repetirá didática

eles continuarão a palitar os dedos dos pés

talvez você chore talvez arranque
do púbis ao queixo todos os pelos
uma mulher carbonizada no meio da avenida
talvez mostre relatórios do ibama
a fotografia aérea de crianças vietnamitas
fatos antes incontestáveis
fatos antes never more

eles continuarão a palitar os dedos dos pés

talvez te chamem de louca ou naive
são incontáveis as formas
de rebaixar uma mulher
what? você tá falando grego
está podre seus seios em chama
ainda assim
eles se lambuzarão

andrômaca

não conheci troia
ruínas a mais ruínas a menos
também guardamos pedras aqui
do outro lado do oceano
tudo o que aprendi foi nesse alfabeto moderno
eis o momento apoteótico minha obsessão
nossos despojos é troia
minhas amigas encurraladas
na mesa do chefe é troia
a jovem saco preto no rosto
festa de luxo é troia
as baratas roendo o cu
da guerrilheira comunista é troia
é troia meu companheiro baleado no rosto
é troia os corpos desovados no mangue
as lideranças perseguidas é troia
as vítimas de feminicídio é troia
os milicos os fascistas os tiranos
disparam todos contra troia
a filosofia o direito o ocidente
nascem da devastação de troia
agora você entende por que voltei?
não conheci troia mas a entrevejo esplêndida
nas carícias clandestina durante os bombardeios
e gás de pimenta nas barricadas
nas clínicas de aborto nos abrigos
inusitados na desobediência
no canto sim no canto
eu não vou me entregar

você grita eu repito
através dos séculos
minha irmã
não há poemas para ti
nenhuma linha sobre cibele
onde perdemos o tino quando virou espetáculo
maldita literatura e seu panteão de vitórias
me abrace forte a explosão está próxima
ela há de vir

© Editora Nós, 2021

Direção editorial **Simone Paulino**
Assistente editorial **Joyce de Almeida**
Projeto gráfico **Bloco Gráfico**
Assistente de design **Stephanie Y. Shu**
Revisão **Alex Sens**

Imagem de capa **Renata Tassinari**
[*Sem título*, 1990, 46 × 31 cm, bastão a óleo, grafite e colagem sobre papel.]
Reprodução fotográfica **Romulo Fialdini**

Texto atualizado segundo o novo Acordo Ortográfico da Língua Portuguesa.

1ª reimpressão, 2022

Dados Internacionais de Catalogação na Publicação (CIP) de acordo com ISBD

R761t
Romão, Luiza
   Também guardamos pedras aqui / Luiza Romão.
   São Paulo: Editora Nós, 2021
   64 pp.

ISBN: 978-65-86135-35-0

1. Literatura brasileira. 2. Poesia. I. Título.

2021-2550 CDD 869.1 CDU 821.134.3(81)-1

Elaborado por Vagner Rodolfo da Silva, CRB-8/9410

Índice para catálogo sistemático:
1. Literatura brasileira: Poesia 869.1
2. Literatura brasileira: Poesia 821.134.3(81)-1

Fonte **Suisse Works**
Papel **Pólen soft 80 g/m²**
Impressão **Margraf**

Todos os direitos desta edição reservados à Editora Nós
www.editoranos.com.br